L'AMANT

EN GAGE,

VAUDEVILLE EN UN ACTE,

PAR MM. LAURENCIN ET TYRTÉE;

REPRÉSENTÉ POUR LA 1re FOIS SUR LE THÉATRE DE L'AMBIGU-COMIQUE, LE 20 MAI 1832.

PARIS.

A. LECLAIRE, ÉDITEUR,

RUE SAINT-DENIS, N° 380, PASSAGE LEMOINE, ESCALIER U.

1832.

L'AMANT

EN GAGE,

VAUDEVILLE EN UN ACTE,

PAR MM. LAURENCIN ET TYRTÉE;

REPRÉSENTÉ POUR LA 1re FOIS SUR LE THÉATRE DE L'AMBIGU-COMIQUE,
LE 20 MAI 1832.

PARIS.

A. LECLAIRE, ÉDITEUR,

RUE SAINT-DENIS, N° 380, PASSAGE LEMOINE, ESCALIER O.

1832.

PERSONNAGES.

FONTANGE.	M. Gilbert.
ADÈLE, sa fille.	Mme Baltazar.
Gustave REMY, son neveu, étudiant.	MM. Fosse.
Ernest MÉNARD, étudiant.	Cullier.
DULIMIER, homme d'affaires.	Duplanty.
Madame PÉREL, hôtesse.	
BAPTISTE, son domestique.	Francisque jeune.
Un Garçon de l'Hôtel.	
Deux Huissiers.	
Recors.	

La Scène se passe dans un Hôtel garni, à Paris.

Imp. d'Herhan, rue St.-Denis, n. 380.

L'AMANT EN GAGE.

(Le théâtre représente une salle. Au fond, une porte à deux battans ouvrant sur un vestibule ; à gauche de cette porte, une cheminée avec pendule ; à droite, une fenêtre donnant sur la rue ; à droite et à gauche de la salle, d'autres portes conduisant aux appartemens et chambres des voyageurs. Ces portes ont toutes un n°, et la première à droite un œil-de-bœuf, avec un rideau vert en dedans. A gauche, sur le premier plan, une table et ce qu'il faut pour écrire.)

SCÈNE PREMIÈRE.

Mme. PÉREL, puis GUSTAVE.

MAD. PÉREL. *Elle entre par le fond, et tient un registre sous le bras.*

(*Appelant.*) Baptiste !.. Baptiste ! où cet imbécille-là est-il maintenant ? (*Allant à la seconde porte de droite.*) Ah ! dans la chambre de ce jeune homme qui vient d'arriver, sans doute. (*Appelant de nouveau.*) Baptiste ! (*Gustave paraît sur sa porte.*) Pardon, monsieur, je cherche......

GUSTAVE.

Le domestique de l'hôtel, peut-être ?

MAD. PÉREL.

Oui, monsieur.

GUSTAVE.

Je viens de l'envoyer ici près, aux diligences de la rue du Bouloi ; j'attends ce matin un de mes amis... excusez-moi, je vous prie, si j'ai disposé...

MAD. PÉREL.

Comment donc, monsieur, vous avez très bien fait. (*à part avec humeur*) Il y a des gens qui sont d'une indiscrétion !

SCÈNE II.

LES MÊMES, ERNEST, BAPTISTE.

BAPTISTE, *à la Cantonnade.*

Par ici ! par ici ! monsieur.

GUSTAVE, *allant au fond.*

Le voici, sans doute ?

BAPTISTE, *déposant la malle d'Ernest.*

Elle est d'un poids conditionné celle-là.

ERNEST, *reconnaissant Gustave.*

Gustave !

GUSTAVE.

Mon cher Ernest !

(Ils s'embrassent.)

MAD. PÉREL, *bas à Baptiste.*

Toi, la première fois que tu t'aviseras de sortir sans ma permission... (Jeu muet entre elle et Baptiste.)

ERNEST, *regardant la salle.*

Ah ça, comment te trouvai-je ici ?

GUSTAVE, *avec mystère.*

Chut ; je te conterai cela.

MAD. PÉREL, *haut à Baptiste.*

C'est bon, tais toi. Porte les effets de monsieur ici au n° 4, et prépare la chambre.

BAPTISTE.

Oui, oui.

MAD. PÉREL, *s'asseyant à la table.*

Si ces messieurs veulent avoir la bonté de me dire leurs noms... je profiterai de ce moment pour les inscrire sur le registre des voyageurs.

ERNEST.

Volontiers, madame.

MAD. PÉREL.

Monsieur s'appelle...

ERNEST.

Ernest Ménard.

BAPTISTE, *enlevant la malle.*

Ouf... elle est solidement lourde votre malle... Ce n'est pas comme celle de votre ami... que voilà... On aurait juré qu'il n'y avait rien dedans.

GUSTAVE.

Va donc, drôle... qu'est-ce que c'est que ces réflexions ?

BAPTISTE.

Avec ça qu'elle sonnait le creux.

GUSTAVE, *le poussant.*

Veux-tu bien... a-t-on jamais vu... cet imbécille-là..

(Baptiste entre dans la chambre.)

MAD. PÉREL.

Monsieur, voyage pour.....

GUSTAVE.

Pour son instruction.

MAD. PÉREL.

Comment?...

GUSTAVE.

Sans doute.

ERNEST.

Étudiant en médecine.

MAD. PÉREL, *riant*.

Ah !... c'est juste... (*à Gustave*) Et vous, monsieur?

GUSTAVE.

Gustave Remy, étudiant en droit.

MAD. PÉREL.

Tiens... c'est singulier !

GUSTAVE.

Pourquoi donc , s'il vous plaît?..

MAD. PÉREL.

C'est que... MM. les étudians n'ont pas coutume de... d'habiter le quartier du Palais-Royal.

GUSTAVE.

C'est le tort qu'ils ont.

MAD. PÉREL.

Les études souffriraient trop du voisinage... et les parens, qui le savent....

GUSTAVE.

Les parens sont dans l'erreur.

Air *de la Robe et des Bottes*.

C'est, je vous jure, une grande injustice
Car il n'est pas, je crois, dans tout Paris ,
Pour la science un endroit plus propice;
J'en appelle à tous mes amis !

ERNSET.

(*Parlé.*) C'est-à-dire... tous...

GUSTAVE,

Depuis long-temps je le hante, et pour cause ;
J'en fais, ici, l'aveu franc et loyal;
Oui, je l'atteste... il est plus d'une chose...
Qu'on m'enseigna dans le Palais-Royal. (*bis.*)

MAD. PÉREL , *à part*.

Voilà un jeune homme...

GUSTAVE.

Je dirai plus; tout ce que je sais, je l'ai appris au Palais-Royal.

ERNEST.

Je te conseille de t'en vanter: boire... jouer... fumer...

GUSTAVE.

Eh ! mon cher, cela peut servir, quand on est destiné à voir le monde...

MAD. PÉREL.

Voilà qui est fini ; messieurs, j'ai bien l'honneur de vous remercier... votre très humble... Si vous avez besoin de quelque chose... Baptiste est à vos ordres.

Air *du siége de Corinthe.*

En ces lieux, Messieurs, je vous laisse,
Mon devoir m'oblige à partir.
ERNEST et GUSTAVE, *le reconduisant.*
Sans adieu, notre aimable hôtesse,
Puissiez-vous bientôt revenir.

(Elle sort.)

SCÈNE III.

GUSTAVE, ERNEST, BAPTISTE

ERNEST, *à Gustave.*

Eh bien ! me diras-tu ?... (apercevant Baptiste.) Ah !.. j'oubliais l'essentiel... garçon !

BAPTISTE, *accourant.*

Voilà !

ERNEST.

Apporte-moi à déjeuner... dépêche-toi, surtout.

GUSTAVE.

Pour deux, garçon !

BAPTISTE.

Tout de suite, monsieur.

(Fausse sortie.)

ERNEST, *à Gustave.*

Maintenant, mon cher...

BAPTISTE.

Ah ! que je suis donc chose... et évaporé ; j'allais faire une bêtise conditionnée. (*à Ernest*) Qu'est-ce que j'apporterai à monsieur ?

ERNEST.

Ce que tu voudras ; va, cours.

BAPTISTE.

J'y vole... Monsieur aime-t-il les côtelettes ?... ou le beefteck ? ou... ou... ?

ERNEST, *l'imitant.*

Ou... ou... est-il absurde ce gaillard là !.. Cela m'est égal, te dis-je.

BAPTISTE.

C'est qu'il y en a qui ont des préférences. . . . moi. . . par exemple vous allez dire, peut-être, que c'est une faiblesse, mais j'ai un faible étonnant pour la côtelette ; oh ! la côtelette ! c'est ma chimère, la côtelette ; mais. . .

ERNEST, *en colère.*

Mais. . . si tu es encore ici dans une seconde. . . je te. . . (*Baptiste recule*) ce bavard prend bien son temps. . . quand je meurs de faim.

BAPTISTE, *reculant.*

Là. . .là. . tout doux. . .ce n'est pas une raison. . .pour me manger. (*à part*) Ça serait un peu dur. (*s'en allant*) Ah !.. il me menace... il me rudoie, eh bien !... il l'attendra, son déjeuner.

(*Ernest le regarde. Il se sauve.*)

GUSTAVE.

Enfin... c'est fort heureux.

SCÈNE IV.

GUSTAVE, ERNEST.

ERNEST.

Puis-je savoir enfin les raisons qui t'ont fait laisser ta chambre du faubourg Saint-Jacques pour venir t'installer dans un hôtel garni de la rue des Bons-Enfans ?

GUSTAVE.

Oui, mon ami ; c'est afin d'échapper plus facilement aux persécutions de Dulimier... mon inexorable créancier.

ERNEST.

Encore ?

GUSTAVE.

Toujours !

ERNEST.

Quelle nouvelle folie ?

GUSTAVE.

Nouvelle.... du tout... Oh ! mon cher, je n'en fais plus ; je suis aussi sage que toi.

ERNEST.

Mensonges que tout cela.

GUSTAVE.

Parole d'honneur ! et la preuve, c'est que si je suis poursuivi aujourd'hui... ce n'est absolument que pour cette lettre de change... tu sais...?

ERNEST, *effrayé.*

Quoi!... la lettre de change que j'ai eu la bonté d'endosser...
il y a un mois... avant mon départ...

GUSTAVE.

Hélas! oui.

ERNEST.

Mais je ne l'avais fait que pour engager Dulimier à te
donner du temps... et d'après ta promesse formelle de la payer
sur l'argent que je te ferais envoyer par ton oncle.

GUSTAVE.

C'est vrai.

ERNEST.

Et tu as dû recevoir les quinze cents francs...?

GUSTAVE.

Eh oui, mais je n'ai pas acquitté...

ERNEST.

Comment...? Gustave, vous avez encore joué...

GUSTAVE.

Tu me vois encore tout étourdi du coup fatal; la foudre,
mon cher, est moins rapide.

Air : *Ces postillons sont d'une maladresse.*

Je m'en souviens, je reçus cette somme
Vers les midi... juge de ma douleur :
Dès le soir même...

ERNEST.

Eh bien !

GUSTAVE.

Je ne... en somme,
Je n'avais plus... que le sac...

ERNEST.

Quelle horreur !

GUSTAVE.

J'aurais payé, sans cela ; mais, d'honneur,
Tant que l'argent de la lettre de change
Fut en mes mains... je n'eus pas un instant...
Et lorsqu'enfin j'eus le temps... sort étrange !

ERNEST.

Tu n'avais plus l'argent !

GUSTAVE.

Je n'avais plus l'argent.
C'est la dame de pique, mon ami; elle y a mis une opiniâtreté.

ERNEST.

Tais - toi, insensé... moi qui avais fait à son oncle un ta-
bleau si pathétique de la maladie qui t'empêchait de venir

passer tes vacances à Dijon... afin qu'il doublât ton sémestre.

GUSTAVE.

Je n'ignore pas tout ce que je te dois.... et sans mon obstination à conserver cette perfide dame de pique...

ERNEST.

Eh ! il s'agit bien... achève donc de m'apprendre...

GUSTAVE.

Ah ! j'oubliais... Dulimier, après avoir été chez toi, vint me faire une visite, il y a huit jours, précisément comme je recevais la lettre où tu m'annonçais ton arrivée chez tes parens de Fontainebleau, et ton retour pour aujourd'hui à Paris... je le priai en vain... il ne voulut rien entendre.

ERNEST.

Et alors...

GUSTAVE.

Air *du vaudeville du Porteur d'eau.*

Voyant que, sans aucun délai,
Il voulait que je m'acquittasse,
Je n'hésitai plus, je payai.

ERNEST.

Comment !...

GUSTAVE.

Oui, je payai... d'audace.
Mais le créancier maudit,
Furieux, s'emporte et s'irrite.
Heureusement à mon esprit
Alors plus d'un parti s'offrit.

ERNEST.

Lequel pris-tu ?

GUSTAVE.

Je pris la fuite,
Mon cher ami, je pris la fuite !

Depuis ce moment j'ai fait tous les quartiers de Paris.... et chaque matin je suis relancé par l'usurier maudit... qui flaire un débiteur trois lieues à la ronde.

ERNEST.

C'est rassurant pour moi.

GUSTAVE.

Eh ! non... calme-toi, je suis certain que Dulimier ne s'avisera pas de venir nous chercher ici... au milieu de cette cohue continuelle de voyageurs qui vont, viennent, arrivent, partent... et en ne sortant que le soir...

ERNEST.

C'est bien agréable.... d'ailleurs comment feras-tu.... ton oncle arrive, tu le sais ?.

GUSTAVE.

Mon oncle !

ERNEST.

Certainement... il doit venir à Paris avec ta cousine Adèle... ne te l'a-t-il pas écrit ?

GUSTAVE.

Ecrit?... c'est possible.... mais comme depuis huit jours je me garde bien d'approcher le faubourg Saint-Jacques...

ERNEST.

Vois dans quelle position...

GUSTAVE.

Allons donc, je te croyais plus de courage, Ernest.

ERNEST.

Cela t'est facile à dire... si tu vas en prison, tu t'es amusé du moins pour... mon argent, et puis... tu n'es pas amoureux.

GUSTAVE.

J'en conviens... et est-ce encore Adèle, ma cousine... l'aimes-tu toujours autant?

ERNEST.

Ah! je l'aime cent fois davantage. Si tu savais combien je l'ai trouvée embellie depuis l'an dernier! non... il n'existe pas au monde!

GUSTAVE.

Oh! oh! le voilà parti... Écoute donc... je connais ma cousine... elle est jolie... c'est vrai, mais...

ERNEST.

C'est un ange, te dis-je... tu n'as rien vu de plus ravissant... de plus adorable... ah! si je pouvais jamais posséder tant de charmes!.. l'époux d'Adèle!.. quel bonheur !

GUSTAVE.

Je crois vraiment que le malheureux se marierait à son âge.

ERNEST.

Mais, hélas!... Tiens, Gustave, je t'ai souvent rendu service, en tout temps tu as pu compter sur mon amitié... je viens, à mon tour, mettre la tienne à l'épreuve.

GUSTAVE.

Eh! bon Dieu... quel air triste... aurais-tu quelque autre lettre de change?...

ERNEST.

Eh non... Gustave, tu m'as dit cent fois que le mariage avait peu d'attraits pour toi.

GUSTAVE.

C'est vrai... et je te le répète...

ERNEST, *lui prenant la main et d'un ton pénétré.*

Merci, mon ami, merci.

GUSTAVE.

Ah ça, qu'a-t-il donc?

ERNEST.

Du reste, tu as raison... avec tes goûts... ton caractère... tu serais à peu près certain d'être... malheureux.

GUSTAVE.

Bah! cela ne signifie rien... je le serai peut-être moins que toi.

ERNEST.

Je ne le crois pas.

GUSTAVE.

Et moi je suis persuadé... mais nous verrons cela plus tard... Continue.

ERNEST.

La veille de mon départ de Dijon... j'allai trouver ton oncle, bien décidé à lui déclarer mon amour pour sa charmante fille; juge de ma douleur, lorsqu'il m'apprit qu'une affaire d'intérêt l'appelait à Paris; qu'il s'y rendrait incessamment avec ta cousine, et que son dessein était de resserrer vos liens de famille en vous unissant tous deux!

GUSTAVE.

Eh quoi! vraiment?

ERNEST.

A cette nouvelle inattendue, je demeurai stupéfait; je cherchai vainement une idée... un mot... d'amoureux que j'étais... ton oncle m'avait rendu stupide.

GUSTAVE, *distrait.*

Adèle...

ERNEST.

Je la vis... je m'efforçai de lui arracher une promesse qui m'eût rendu au bonheur... mais, soumise aux volontés d'un père... qu'elle chérit...

GUSTAVE.

Cela ne m'étonne pas, nous sommes fermes sur les principes, dans notre famille.

ERNEST.

Je m'emportai... elle se fâcha; et, moi, je sortis furieux... le lendemain j'étais loin d'elle. Tu le vois, Gustave; je n'ai plus d'espoir qu'en toi?

GUSTAVE.

Que puis-je faire?

ERNEST.

Refuser la main de ta cousine.

GUSTAVE.

Ah... ce serait une offense...

ERNEST, *stupéfait*.

Comment?... voudrais-tu donc?... tu disais encore tout à l'heure que le mariage...

GUSTAVE.

Oui!... mais... j'ignorais les bonnes dispositions de mon oncle... et une femme charmante... un ange.

ERNEST.

Oh !...

GUSTAVE.

C'est toi qui l'as dit... et quinze mille francs de rente... tu conviendras que pour un jeune homme qui aime la dépense... les plaisirs... et qui fait même des lettres de change.

ERNEST, *désolé*.

Il l'épousera... suis-je assez malheureux !

GUSTAVE.

Je ne le voudrais pas, que mille raisons m'y obligeraient.

Air : *Le beau Lycas aimait Thémyre.*

Mon cher, de la reconnaissance
Il faut bien écouter la voix ;
Tu sais, depuis ma tendre enfance,
Tout ce qu'à mon oncle *je dois ?*
Dans les circonstances présentes,
Il me fait des offres pressantes ;
Je ne puis pas les rejeter.
Et si tu me vois accepter
Ses quinze mille francs de rentes,
Envers lui c'est pour m'acquitter ;
Mon cher, si j'accepte ses rentes,
Envers lui c'est pour m'acquitter. (*bis.*)

Écoute donc, on ne trouve pas tous les jours une si belle occasion de payer ses dettes...

ERNEST.

C'est une perfidie.... un abus de confiance !

GUSTAVE.

La douleur te rend injuste... si tu pouvais un instant raisonner de sang-froid... tu verrais que ta proposition est inadmissible !... on me donne une fortune... et tu veux me l'enlever ; demande-moi tout ce que tu voudras, mais, au nom du ciel, laisse-moi ma fortune... j'en ai besoin de ma fortune... tu le sais mieux que personne.

ERNEST, *furieux*.

Laisse-moi... non... tu ne l'épouseras pas... non !

GUSTAVE.

Et pourquoi, s'il vous plaît?

ERNEST.

Air : *Non, non, vous ne partirez pas* (de la Batelière..)

Oses-tu bien le demander !
Mauvais sujet ! toi, posséder
Tant d'innocence !

GUSTAVE.

Eh pourquoi pas ?

ERNEST.

Je verrais, ô ciel ! tant d'appas
Devenir le partage
D'un joueur ?

GUSTAVE.

Oui, vraiment,
Et certes mon hommage
Vaut bien, fidèle amant,
Celui d'un cœur toujours brûlant
Pour un objet nouveau.

ERNEST.

Comment ?

GUSTAVE.

Qui s'enflamme cent fois par an !

ERNEST.

Ah, grand Dieu !... silence, imposteur,
C'est un mensonge ; quelle horreur !
Un étourdi... perdu de dettes,
Vouloir ainsi me ravir
Le plus doux avenir !

ENSEMBE.

GUSTAVE.

Oui, je peindrai la tendre ardeur
Qui fit si long-temps le bonheur
Des plus adorables grisettes.
Vouloir ainsi me ravir
Le plus riche souvenir !
Non, non, je ne puis le souffrir.

ERNEST.

Tu ne l'épouseras pas, te dis-je.

GUSTAVE, *à part.*

C'est qu'il est capable... (*Haut*) Eh bien faisons un traité.

ERNEST.

Lequel?

GUSTAVE.

Que chacun de nous s'efforce d'obtenir la main d'Adèle ;
mais par des voies franches et loyales... sans chercher dans le
passé des armes contre son rival... Jurons enfin de ne rien

dire; toi, de ma passion malheureuse pour la dame de pique... ni de mes dettes...; moi de tes amours de la Chaumière, de l'Elysée-Montmartre, du Tivoli d'hiver, du Tivoli d'été, de Montmorency, de...

ERNEST.

Mais tu sais parfaitement que depuis que j'aime Adéle... je n'ai jamais...

GUSTAVE.

Jure... sinon...

ERNEST.

Je le jure.

(Ils se donnent la main.)

GUSTAVE, *avec une gravité comique.*

Que le ciel entende ce serment solennel... et que sa foudre vengeresse...

SCÈNE V.

LES MÊMES, DULIMIER, BAPTISTE.

BAPTISTE.

Tenez, les voici.

DULIMIER. (*Il tient un registre.*)

Ce sont bien eux !

GUSTAVE *l'appercevant.*

Que vois-je !

DULIMIER.

Eh ! oui vraiment, messieurs.

  Air : *Comme il m'aimait.*
 Oui c'est bien lui. (*bis.*)
Messieurs, quel hasard favorable ?

GUSTAVE ET ERNEST.

Oui, c'est bien lui (*bis.*)
C'est en vain que nous l'avons fui.

DULIMIER.

De votre part c'est fort aimable.

GUSTAVE ET ERNEST, *à part.*

C'est bien cet homme abominable !

DULIMIER.

Oui, c'est bien lui. (*quater.*)

DULIMIER.

Enchanté de vous voir.

ERNEST, *à part.*

Désespéré de te rencontrer, usurier maudit! (*à Gustave.*) Je te félicite du choix de ton domicile.

GUSTAVE.

Ne m'en parle pas... je reste confondu... anéanti... Il faut qu'il ait fait un pacte avec Satan.

DULIMIER.

Je ne puis vous exprimer, messieurs, combien je suis heureux et flatté de trouver chez moi...

GUSTAVE.

Que dit-il donc?

ERNEST.

Comment chez vous? (*à Gustave*) Et tu viens précisément?

GUSTAVE.

Est-ce que je le savais?

DULIMIER.

Oui, messieurs, cet hôtel m'appartient; du moins, j'en suis le principal locataire : il paraît que vous l'ignoriez?

GUSTAVE.

Je crois qu'il plaisante!

DULIMIER.

Il est vrai que mes nombreuses affaires ne me permetatnt pas de gérer moi-même cet établissement, j'ai chargé quelqu'un de ce soin... mais j'exerce une surveillance... (*Il montre le registre*) qui m'a procuré l'avantage de savoir que je possédais deux hôtes que j'étais loin d'attendre.

GUSTAVE.

Parbleu... je le crois bien.

DULIMIER.

J'en étais à cent lieues.

BAPTISTE, *à Ernest.*

Monsieur, on va vous apporter les côtelettes.

ERNEST.

Au diable!... déjeunez donc avec des émotions pareilles!

BAPTISTE.

Là, a-t-il un mavais caractère... on ne peut pas lui parler....

DULIMIER, *à Ernest.*

J'ai eu l'honneur de me présenter chez vous en votre absence.

ERNEST.

Je le sais, monsieur.

DULIMIER , *cherchant ses papiers.*

Vous plairait-il acquitter?

ERNEST.

J'arrive à peine... et je n'ai pas en ce moment...

DULIMIER.

Désolé de ce contre-temps... mais alors vous voudriez bien me permettre de m'assurer de votre personne.

GUSTAVE.

Monsieur Dulimier, vous nous donnerez bien le temps de chercher ?

DULIMIER.

Impossible.

GUSTAVE, *d'un air menaçant.*

C'est affreux ! vous mériteriez...

DULIMIER, *allant vers le fond.*

Holà ! (*entrent trois ou quatre recors*) Venez, messieurs, (*à Ernest*) Vous voyez que je suis en mesure !... j'allais précisément faire quelques recouvremens.

ERNEST.

C'en est donc fait... nous irons en prison !

GUSTAVE.

Oh ! quelle idée...

ERNEST.

Quoi donc ?

GUSTAVE.

M. Saint-Firmin, cet agent de change, ami de ton oncle et de ma famille, à qui nous avons été recommandés...

ERNEST.

Oui, voici deux ou trois ans que nous n'avons mis les pieds chez lui.

GUSTAVE.

C'est égal, par égard pour nos parens, il ne nous abandonnera peut-être pas.

ERNEST.

Eh bien , allons donc le trouver. (*à Dulimier.*) M. Dulimier ; vous le voyez ; il ne dépend plus que de vous.....

DULIMIER.

A Dieu ne plaise que je me refuse... marchez, messieurs, je vous accompagne avec mon état-major.

ERNEST.

Quoi !.. vous vous voulez ?... cela ne se peut pas.

DULIMIER.

Je ne vous quitte plus...

GUSTAVE.

Alors nous n'irons pas... et vous ne serez pas payé.

DULIMIER, *à part.*

Diable..... cependant.... si en effet ils sont certains (*se ravisant*) ah !... (*Haut.*) Ecoutez, sur la signature de monsieur (*il montre Ernest,*) pour lequel j'ai toujours eu la plus grande considération... parce qu'il est d'une exactitude trop rare aujourd'hui... malheureusement... j'ai bien voulu attendre un mois le paiement de votre effet... j'attendrai encore...

GUSTAVE ET ERNEST.

Ah ! bravo !

(Ils vont s'éloigner.)

DULIMIER, *les retenant.*

Eh ! pas encore, s'il vous plaît (*tirant sa montre*); il est midi... j'attendrai jusqu'à trois heures.

GUSTAVE.

Diable... enfin c'est égal.

(Ils veulent s'éloigner de nouveau.)

DULIMIER, *courant après eux.*

Un moment... attendez... je n'ai pas fini... à la seule et unique condition que l'estimable personne de monsieur (Ernest) demeurera mon gage jusqu'à votre retour. (*A part*) Je puis bien en risquer un... d'ailleurs l'endosseur me reste... et c'est le plus solide.

GUSTAVE, *à Ernest.*

Que veux-tu... saisissons cette planche de salut...

ERNEST.

Soit, je me dévoue... mais, Gustave, tu reviendras ?

GUSTAVE.

Ah ! fi donc; peux tu me supposer capable d'abuser... (*aux recors.*) Allons, place... (*à Ernest.*)

Air *de la Servante justifiée.*

Adieu, mon ami,
Je te laisse ici ;
Bientôt ma présence
Viendra t'affranchir
D'un triste avenir.

ERNEST.

J'en ai l'espérance !

GUSTAVE *aux recors.*

Rangez-vous,
Faites place tous. (*Les recors le repoussent.*)
Quelle insolence !
Il faut obéir,
Je veux partir.

DULIMIER, *aux recors.*

Il peut sortir.

GUSTAVE.

Adieu, etc.

ERNEST.

Adieu, mon ami,
Je t'attends ici.
Puisse ta présence,
Bientôt m'affranchir,
D'un triste avenir!

DULIMIER.

Moi, je vais ici
Garder son ami ;
De la prudence.
De le voir venir,
Bientôt s'affranchir,
J'ai peu d'espérance.

RECORS.

Nous allons ici
Garder son ami ;
Et si, comme il pense,
Il peut revenir,
Payer, s'affranchir,
Nous ferons bombance.

ENSEMBLE.

(Gustave sort.)

SCÈNE VI.

LES MÊMES, hors GUSTAVE,

DULIMIER, *à Ernest.*

Vous voyez, Monsieur, ce que je fais pour vous?

ERNEST.

Je ne l'oublierai pas...

DULIMIER, *d'un ton de reproche.*

Ah! de la mauvaise humeur !... Eh bien, estimable jeune
homme... car vous êtes un très estimable jeune homme, vous,
je n'ai jamais eu à me plaindre de vos procédés.

ERNEST.

Et aujourd'hui vous reconnaissez cela par une défiance in-
jurieuse.

DULIMIER.

Que dites-vous?... quoi!... vous osez... et cela au moment
où je vous donne une preuve éclatante du cas tout particu-
lier que je fais de votre caractère... lorsque je n'ai voulu accepter que vous pour garantie... car enfin, je vous ai donné
la préférence... Mais, pardon... j'ai des courses urgentes à
faire ce matin... il faut que je vous quitte.

ERNEST.

Va donc au diable!...

DULIMIER.

Ah! jeune homme... jeune homme... vous vous croyez bien
à plaindre parce que vous me devez quinze cents francs...
j'en dois huit mille, moi qui vous parle... et il me les faut
aujourd'hui même, pour cinq heures, sans quoi...

Air : *L'Hymen est un lien charmant.*

Victime des événemens,
Comme vous, hélas ! je me trouve
Poursuivi....

ERNEST.

Vous ?...

DULIMIER.

Oui, j'éprouve
Et votre angoisse et vos tourmens.

ERNEST.

Comment ! vous, si prudent, si sage,
Vous, menacé de la prison ?

DULIMIER.

Ah ! pour moi quel sanglant outrage !

ERNEST, *à part.*

Cela me donne du courage ;
(*Haut.*) Ainsi, Monsieur, vous seriez donc ?

DULIMIER, *lui donnant la main.*

Votre compagnon de voyage.

Vous sentez que je n'ai pas une minute à perdre... vous
allez me faire le plaisir d'entrer là dans votre chambre... n'est-
ce pas ?... afin que je puisse vaquer en paix à mes nombreuses
affaires.

ERNEST.

Me renfermer !...

DULIMIER, *le poussant.*

Si vous le voulez bien... c'est une petite précaution...

ERNEST.

Je vous donne ma parole...

DULIMIER.

Merci bien, mais c'est moi qui vais vous donner... un tour
de clé ; j'aime mieux ça... voyez-vous.

ERNEST.

Je ne souffrirai pas...

DULIMIER.

[Air : *Célébrons ce bon maître.* (M. Botte.)

A mon impatience,
Il faut ici céder ;
Vous êtes sans défense.

ERNEST.

Quoi! ne pas m'accorder...

ENSEMBLE.

DULIMIER.	ERNEST.
Non, je ne puis attendre,	Il ne veut rien entendre,
Entrez, dépêchez-vous;	Je tremble de courroux;
Et s'il veut se défendre,	Je saurai me défendre,
Messieurs, aidez-moi tous.	Et les braverai tous.

LES RECORS.

Allons, il faut vous rendre;
Entrez, dépêchez-vous.
Il cherche à se défendre,
Amis, unissons-nous.

ERNEST.

Faites-moi donner à déjeuner, au moins.

DULIMIER, fermant la porte.

C'est trop juste. (à Baptiste) Tu donneras à monsieur ce qu'il demandera. Tiens, voici la clé... mais veille bien..... tu m'en réponds sur dix ans de tes gages.

BAPTISTE.

Oh! oh! ne craignez rien.

DULIMIER, aux recors.

Vous, suivez-moi.

(Ils sortent.)

SCÈNE VII.

BAPTISTE, puis ERNEST en dehors.

BAPTISTE, montant la garde à la porte.

C'est bien fait... c'est très bien fait de l'avoir mis sous clé... j'applaudis avec enthousiasme à cela, moi... ça lui apprendra à molester les domestiques... Il doit avoir un appétit conditionné avec tout ça.

ERNEST en dedans.

Garçon!... Baptiste!... mon déjeuner!

BAPTISTE.

Ah! voyez-vous... j'en étais sûr. (Haut.) Plaît-il, Monsieur?

ERNEST.

Va donc me chercher à déjeuner, butor.

BAPTISTE.

Bon, voilà qu'il recommence ses gentillesses... il jeunera encore, pour sa peine. (Haut.) Je ne peux pas... il faut que je reste là à vous garder.... Dites-donc, Monsieur?

ERNEST.

Eh bien?

BAPTISTE.

Est-ce que vous avez faim?

ERNEST.

Je te rosserai, misérable!

Il est incorrigible. (*Haut.*) C'est bon. (*Il regarde par le trou de la serrure.*) Ah! il s'en va... bon... tiens, il se couche sur le canapé; il va peut-être s'endormir? ma foi, c'est ce qu'il a de mieux à faire... qui dort... déjeune, comme on dit.

SCÈNE IX.

LE MÊME, MAD. PÉREL, ADÈLE.

MAD. PÉREL, *elle porte plusieurs cartons qu'elle remet à Baptiste.*

Tiens, Baptiste, porte tout cela au n° 3, et prends bien garde.

BAPTISTE.

Oh! n'ayez pas peur. (*Il laisse tout tomber.*)

MAD. PÉREL.

Voyez, l'imbécille!

BAPTISTE.

N'ayez pas peur, je vous dis... Ah! dites donc, madame, faites bien attention au prisonnier.

MAD. PÉREL.

Va donc. (*A Adèle.*) Puisque mademoiselle craint le bruit, je lui donne l'appartement le plus tranquille de l'hôtel. Si mademoiselle veut s'assurer...

ADÈLE.

Volontiers.

MAD. PÉREL, *la conduisant jusqu'à la porte de la chambre, la première à gauche.*

Je demande pardon à mademoiselle si je la quitte aussi promptement, mais ma présence est nécessaire ailleurs.

ADÈLE.

Je vous remercie.

(Elle entre dans la chambre.)

BAPTISTE, *sortant et saluant Adèle.*

Mademoiselle... je...

SCÈNE X.

MAD. PÉREL, BAPTISTE, un garçon.

MAD. PÉREL, *un garçon qui arrive avec un plateau sur lequel est le déjeuner d'Ernest.*

Pour qui est-ce?

BAPTISTE.

Donne... donne. (*Il prend le plateau.*)

MAD. PÉREL, *à qui le garçon a remis une lettre.*
(Relisant l'adresse.)

« Monsieur Ernest Ménard. » Tiens, Baptiste, tu lui donneras aussi cette lettre... c'est très-pressé.

(Elle sort.)

SCÈNE XI.

BAPTISTE, ERNEST.

BAPTISTE, *il tient la lettre et le plateau.*

Allons, v'là qu'elle jette ça sur les côtelettes à présent. (*Flairant les côtelettes.*) Hum... hum... quel parfum délirant... quelles amours de côtelettes, et dire que c'est pour un mauvais sujet d'étudiant, quel dommage!... des côtelettes si bien conditionnées, et panées, ma foi; des côtelettes si dignes d'être mangées par un homme qui saurait les apprécier... Je saurais si bien vous apprécier, moi. (*Les flairant.*) Hum!... hum!... Allons, allons, faut que je l'appelle... sans ça, si je ne romps pas le tête à tête... je me laisserai séduire... et Dieu sait les horreurs que me dirait l'étudiant... avec ça qu'on ne peut pas s'expliquer avec lui.

Air *du Vaudeville de l'Opéra comique.*

Toujours colère et furieux,
De lui j'n'ai pu me faire entendre;
J'espèr' cett' fois êtr' plus heureux,
(Montrant le plateau.)
A mes raisons il va se rendre.
Non, désormais, je n' crains plus rien,
Et s'il me parl' d'un air farouche,
Qu' m'impor'?... maint'nant j'ai le moyen,
(Prenant une côtelette et la montrant.)
De lui fermer la bouche!

Voyons un peu... ho! hé!... ho! hé!... (*Frappant à la porte.*) Monsieur... monsieur Ernest?... est-ce qu'il dort?... Monsieur!... il ne sent donc pas... les divines... émanations. (*Frappant encore.*) Je dormirais du sommeil... des morts, que ça suffirait pour me réveiller. (*Il regarde par le trou de la serrure.*) Monsieur! ah! le voilà.

ERNEST.

Que veux-tu?

BAPTISTE.

C'est une lettre pour vous, avec votre...

ERNEST.

Eh bien! donne-la-moi.

BAPTISTE.

Donne.... donne.... il croit que ça se fait comme ça lui, tout bonnement... sans préambule. (*il regarde encore*) D'abord... éloignez-vous, vous êtes trop près ainsi... bon... attendez à présent... ne bougez pas (*il court mettre son plateau sur la table*); c'est qu'il faut prendre ses précautions avec ce gaillard-là... Ah ça, la clé... (*Il entr'ouvre la porte.*) Tenez... la voilà.

ERNEST, *poussant un peu la porte.*

Voyons.

BAPTISTE, *résistant.*

Doucement... doucement, ne poussez pas comme ça... (*A lui-même.*) C'est qu'il pousse solidement l'étudiant... Allons, laissez-moi refermer la porte...

ERNEST, *l'ouvrant toujours un peu plus.*

Attends donc, que je voie s'il y a une réponse.

BAPTISTE.

C'est juste... Eh bien?

ERNEST, *surpris.*

C'est l'écriture de Gustave!... Que signifie?...

BAPTISTE.

Ah! c'est l'écriture de Gustave... Eh! dites donc, ne poussez pas tant... je suis éreinté, moi...

ERNEST, *faisant un mouvement et ouvrant la porte un peu plus.*

O ciel!

BAPTISTE.

Eh!... eh!... avec tout ça, il gagne toujours un peu de terrain. (*Il se met en arc-boutant le dos contre la porte.*) On ne dirait jamais qu'il a tant de nerf, (*il prend un air distrait*), quoiqu'il soit assez joliment conditionné...

ERNEST, *poussant la porte avec colère.*

Quelle trahison!

(*Il entre dans la chambre, qu'il parcourt à grands pas.*)

BAPTISTE, *qui est tombé sur les mains.*

Ah... oh... eh bien!...

ERNEST.

C'est abominable... quelle indignité !

BAPTISTE.

Il n'y a pas de doute (*il suit Ernest*).

Air : *Au feu.*

Rentrez, vite, rentrez,
Dépêchez-vous, je vous l'ordonne ;
Je répons de votre personne !
Dans cette chambre retournez.

ERNEST, *continuant d'aller et venir.*

Ah ! de cet artifice,
Je saurai me venger !

BAPTISTE, *le suivant toujours.*

Il faut que ça finisse ;
Rentrez, jeune étranger !
Allons, vite, rentrez.

ERNEST.

Ainsi le traître m'abandonne !

BAPTISTE.

J'répons de votre personne ;
Dans cette chambre retournez.

ERNEST.

Va-t-en au diable !

BAPTISTE.

Comment... comment (*il le prends par le bras*), voulez-vous bien rentrer.

ERNEST, *menaçant.*

Laisse-moi, te dis-je.

BAPTISTE, *reculant.*

Ah ! mon Dieu... comme ses yeux flambent... il est ef-frayant... faut pas le pousser à bout à ce qu'il paraît.

ERNEST, *ouvrant la lettre.*

(Pendant qu'il la lit, Baptiste barricade la porte du fond avec des chaises, et monte la garde.)

Relisons... car, en vérité, je ne puis croire encore (*il lit*).
« Mon cher Ernest... (*le traître !*) M. Saint-Firmin est parti
» depuis deux jours pour les eaux de Bagnères, et son associé
» n'a pas, dit-il, l'avantage de connaître nos familles ; tout
» espoir nous est donc ravi de ce côté.

» J'accourais te faire part de cette fâcheuse nouvelle, lors-
» que j'ai appris l'arrivée de mon oncle par une personne qui
» venait de le voir descendre de voiture, avec ma cousine.

» Tu es trop juste pour m'en vouloir, si je ne vais pas me
» livrer à notre ennemi ; c'est bien assez, hélas ! que l'un de
» nous soit sa victime ! (*l'hypocrite !*) prends patience, je ne

» te laisserai pas languir sous les verroux. Je vais voir mon
» oncle... j'épouserai ma cousine *(le perfide !)*, et je te donne
» ma parole que le premier à-compte que je toucherai sur la
» dot d'Adèle servira à racheter ta liberté.

 » Ton affectionné et sincère... *(fourbe insigne !)...* »

 P. S. « Il est bien entendu que si tu trouvais l'occasion d'é-
» chapper à tes gardiens... tu peux en profiter. » Merci.

(Il parcourt de nouveau la chambre à grands pas. Baptiste le
suit en portant le déjeuner, qu'il montre à Ernest.)

 Ainsi, c'en est fait... je ne pourrai revoir Adèle... Adèle
que j'ai offensée !... et Gustave, pendant que je serai en prison pour lui, aura tout le loisir... obligez donc vos amis !

BAPTISTE, *montrant le déjeuner.*

 Monsieur... si vous saviez *(il flaire les côtelettes)* quel...
hum... hum... quelle odeur... odoriférante... et balsamique...
sentez plutôt... croyez-moi... venez... il est temps de rentrer, vous devez avoir faim, et puis madame a besoin de moi.

ERNEST, *vivement.*

 Ah ça, veux-tu bien finir, drôle ?

(Il marche vers Baptiste, qui recule.)

BAPTISTE *lui montre une côtelette; Ernest retombe dans des
reflexions.*

 Là, voyez-vous ? j'étais sûr de l'effet.

(Il remet le déjeuner sur la table.)

ERNEST, *comme frappé d'une idée subite et regardant la
porte.*

 Mais pourquoi resterais-je ici? je n'ai cédé qu'à la force
brutale.

BAPTISTE.

 Oh ! ça va se gâter... ça va se...

ERNEST.

 Profitons de l'occasion.

(Il marche rapidement vers le fond, et enlève quelques chaises.)

BAPTISTE, *se jetant au devant.*

 Minute, attention... on ne sort pas.

ERNEST, *le repoussant.*

 Allons donc, faquin !

BAPTISTE.

 Faquin... faquin... c'est bon... vous ne sortirez pas...
je réponds de vous sur dix ans de mes gages; si vous faites
un geste... un mouvement, quoi, je m'accroche... je me
cramponne après vous... comme un chat sauvage.

4

ERNEST.

C'est ce que nous verrons. (Il s'élance.)

BAPTISTE, *le retenant.*

Au secours!... au secours!

(Ils luttent.)

SCÈNE XII.

LES MÊMES, ADÈLE, *paraissant à la porte de son appartement.*

ADÈLE.

Quel bruit!

ERNEST, *interdit, et cessant de lutter.*

Que vois-je! Adèle!

ADÈLE.

Ernest!

ERNEST, *à Baptiste.*

Laisse-moi donc, imbécille (*Baptiste le laisse et va à la porte*). Vous, Adèle, en ces lieux!

BAPTISTE.

C'est ça, cause, cause, va.

(Il sort et les enferme.)

SCÈNE XIII.

ERNEST, ADÈLE.

ADÈLE.

Eh bien!... que fait-il donc? il nous enferme!

ERNEST.

Chère Adèle... me serait-il permis...

ADÈLE.

Laissez-moi, monsieur... croyez-vous que j'aie oublié votre conduite?...

ERNEST.

Ah! je l'ai bien expiée par mon repentir... Si vous saviez que de regrets... Adèle... écoutez-moi.

ADÈLE, *se dirigeant vers sa chambre.*

Non...

ERNEST, *se jetant au-devant d'Adèle.*

Vous ne me quitterez pas ainsi... vous m'entendrez... il le faut... Adèle... pouvez-vous me traiter avec tant de rigueur... au moment où nous sommes menacés d'une éternelle sépara-tion?

ADÈLE, *à part.*

Hélas!

ERNEST.

Air : *Du mal du pays*

Adèle, je vous en supplie,
Pardonnez-moi...

ADÈLE.

Que dites-vous?
C'est vainement que l'on me prie.

ERNEST.

Eh bien ! je tombe à vos genoux ;
De grâce calmez ce courroux.
Oubliez,
D'un amant,
A vos pieds,
Suppliant ;
Oubliez la triste erreur.

ADÈLE, *à part.*

Pauvre Ernest... quelle douleur !
(*Haut.*) Si j'avais l'assurance
Que jamais.....

ERNEST.

Ah ! d'avance,
J'en donne l'assurance.

ADÈLE.

(*Parlé.*) Bien vrai ?

ERNEST.

Oh !... oui...

ADÈLE.

Allons... je vous pardonne... mais... faites bien attention.

ENSEBMLE.

ERNEST.	ADÈLE.
Elle me rend son cœur,	Oui, je lui rends mon cœur.
Je renais au bonheur.	Doux moment ! quel bonheur !

ERNEST.

Chère Adèle... unissons-nous pour triompher des résolu-
tions de votre père... il m'a toujours témoigné beaucoup
d'amitié... d'intérêt, et si vous me secondez... le succès est
assuré... Ce moment m'a déjà donné tant de courage... où
est-il?... je veux à l'instant même.....

ADÈLE.

Il n'est pas ici... Surpris de ne pas voir mon cousin à la di-
ligence, pour le recevoir, ainsi qu'il l'en avait prié, mon
père a pensé que Gustave avait éprouvé une rechûte...qu'il
était de nouveau sérieusement malade.

ERNEST, *à part.*

Ces pauvres oncles !

ADÈLE.

Et aussitôt après m'avoir conduite dans cet hôtel, mon
père s'est empressé d'aller à la demeure de Gustave.... Comment va-t-il ?... vous l'aurez vu sans doute,.... quelle est donc
cette maladie ?... est-ce toujours la même ?

ERNEST.

Oui... toujours... c'est une maladie... une maladie... fort
épandue, une espèce de,.. de grippe...

ADÈLE.

Ne craignez-vous pas ?...

ERNEST.

Eh ! si vraiment... je ne suis, même pas sans inquiétude...
dans ce moment... j'ai déjà eu des symptômes sérieux... et...
il est si difficile... d'échapper.

ADÈLE.

Ah, mon Dieu !

ERNEST.

Air *du dieu des bonnes gens.*

Oui, de ce mal dangereux et perfide,
Bien rarement on peut se préserver.
Pour le combattre on ne connaît qu'un guide,
C'est le hasard ; lui seul peut vous sauver.
En vain croit-on éviter ses atteintes ;
Quand loin de vous il paraît avoir fui,
A l'instant même où vous êtes sans crainte,
    Vous vous trouvez saisi !

On n'en meurt guère, mais la convalescence est si lon-
gue... du reste, Gustave est très bien... fort bien même, et
M. Fontange a pris une peine inutile.

ADÈLE.

Alors, je ne comprends rien à la conduite de mon cousin.
(On entend ouvrir la porte du fond).

ERNEST, *effrayé.*

Si c'était....

ADÈLE.

Qu'avez-vous ?.. A propos, pourquoi donc vous querelliez-
vous, tout à l'heure, avec ce valet ?

ERNEST.

Oh ! rien.... je vous dirai cela....

(La porte s'ouvre.)

ADÈLE.

On vient....

(Elle va vers sa chambre).

SCÈNE XIV.

LES MÊMES, MAD. PÉREL.

MAD. PÉREL, *à Ernest.*

Qu'est-ce que cela signifie, monsieur?... Baptiste assure que vous refusez...

ERNEST.

Silence, madame, je vous prie.

MAD. PÉREL.

Vous voulez vous échapper!...

ADÈLE, *s'approchant.*

Qu'y a t-il donc... Ernest?

MAD. PÉREL.

(*A part.*) Tiens... elle le connaît. (*Haut.*) Monsieur doit payer une lettre de change aujourd'hui.

ADÈLE.

Vous, monsieur? des dettes. Ah!...

ERNEST.

Ne croyez pas... un de mes amis était dans l'embarras... j'ai consenti par pure générosité.

ADÈLE.

A la bonne heure... mais vous me trompez peut-être; fi, le mauvais sujet!

ERNEST.

Là.... obligez donc vos amis! chargez-vous de leur iniquités?

MAD. PÉREL.

Non... non... il faut être juste; c'est la vérité... on assure que monsieur est un jeune homme fort rangé.

ERNEST, *à Adèle.*

Voyez-vous?

MAD. PÉREL.

Mais il s'est compromis pour un mauvais garnement... un joueur.

ADÈLE.

L'ami d'un joueur!

MAD. PÉREL.

Un nommé...

ERNEST, *bas à madame Pérel.*

Chut... chut, madame.... ne dites pas...

MAD. PÉREL.

Pourquoi donc ça?.. un nommé Gustave Remy.

ADÈLE.

Gustave ! (*A part.*) Mon cousin !

MAD. PÉREL.

Ce sont deux intimes . . . tenez, voilà sa chambre.

ERNEST, *à part.*

Ma foi, ce n'est pas moi qui l'a dit . . . je n'ai rien à me reprocher.

ADÈLE, *à elle-même.*

Comment, Gustave !

ERNEST, *bas à Adèle.*

Oh ! c'est une bagatelle . . . deux ou trois cents francs.

MAD. PÉREL.

Et pendant que son ami est allé chercher de l'argent, monsieur reste ici . . . comme gage.

ADÈLE, *riant.*

Ah ! ah ! ah ! C'est très bien . . . ça vous apprendra à faire de mauvaises connaissances. (*A part.*) Je suis bien aise que Gustave ait fait des dettes . . . mon père, qui les a en horreur.

MAD. PÉREL.

Allons, monsieur, vite, je suis pressée.

ERNEST.

Laissez-moi ici, je vous en prie.

ADÈLE.

Oh ! madame . . .

MAD. PÉREL, *bas à Adèle.*

Eh, quoi ! vous aussi, mademoiselle ! vous ne savez pas sans doute à quoi vous vous exposez ; mais moi....moi je le sais... (*soupirant.*) Ah ! grand dieu !

(On entend la voix de Fontange dans le vestibule.)

ERNEST.

Qu'entends-je ?

ADÈLE.

C'est mon père.

(Elle s'enfuit ; Ernest veut la suivre.)

MAD. PÉREL.

Monsieur, monsieur !

ERNEST.

Madame, je vous en conjure, ne dites pas un mot . . .

MAD. PÉREL.

Eh bien ! rentrez dans votre chambre.

ERNEST, *allant vers sa chambre.*

Vous me promettez . . . (*à Adèle qui est restée sur sa porte.*) Adieu ! (*Il lui envoie un baiser; madame Pérel ferme la porte et lui prend le bras.*) Faites donc attention ; attendez donc.

MAD. PÉREL.

Ah ! mon dieu. . . . pardon, monsieur. (*Elle ferme la porte.*) Voilà ce que c'est . . . Maintenant la clé ne sortira plus de ma poche.

(Elle sort promptement et salue Fontange, qui entre.)

SCÈNE XV.

FONTANGE, GUSTAVE.

FONTANGE, *poussant Gustave devant lui.*

Veux-tu bien m'obéir ! . . . qu'est-ce que c'est que ça donc?

GUSTAVE, *regardant autour de lui avec inquiétude.*

Je vous jure, mon oncle, qu'on m'attend.

FONTANGE.

Eh bien! on attendra.

GUSTAVE.

(*Apart.*) Si ce n'est pas une fatalité ! être forcé de revenir ici.

FONTANGE.

Il me semble que tu peux bien me donner la préférence... d'ailleurs je suis forcé de sortir, tu tiendras compagnie à ta cousine... la pauvre enfant n'est déjà que trop portée à l'ennui . . . . à la mélancolie depuis quelque temps, je compte sur toi pour la distraire.

GUSTAVE, *à part.*

Oui, compte là-dessus . . . . comme je suis disposé à rire...

FONTANGE.

Crois-moi, mon garçon, quand tu l'auras vue . . . . tu seras moins pressé d'aller à ton rendez-vous . . . Je crains plutôt pour toi . . . mais viens.

GUSTAVE, *à part.*

Allons . . . . puisqu'il n'y a plus moyen de reculer (*passant devant Fontange en marchant rapidement*): Je vous suis, mon oncle.

FONTANGE, *l'arrêtant.*

Non . . . . non . . . il vaut mieux que je m'assure d'abord...

Air : *Pour le trouver je vais en Allemagne.*

Quelques instans à rester je t'engage :
Sans doute elle est en ce moment
A réparer le tort qu'un long voyage
A sa toilette a causé sûrement ;
Et je craindrais....

GUSTAVE.

Oh ! ces craintes nouvelles
Repoussez-les.... moi, j'aime ce danger ;
Oui, mon courage augmente auprès des belles
Quand je les vois en négligé.

N'ayez pas peur, mon oncle, je vais . . .

FONTANGE, *l'arrêtant.*

Eh ! morbleu !... ce n'est pas pour toi que je crains ; attends-moi ici.

(Il entre chez Adèle.)

SCÈNE XVI.

GUSTAVE seul.

Oui, mon oncle. (*Regardant la pendule.*) Heureusement j'ai encore une heure . . . Et si ma cousine ne reste pas trop long-temps à paraître... Cette chère Adèle, tout ce que mon oncle m'en a dit en route m'avait tellement ému . . . qu'il n'a fallu rien moins que l'aspect de cette maudite maison pour me rappeler le danger qui m'y attend . . . Et Ernest, qu'est-il donc devenu?... Aurait-il trouvé le moyen?... (*Apercevant le déjeuner.*) Tiens, qu'est-ce que je vois là ? Parbleu ! cela se rencontre à merveille . . . Moi, qui suis encore à jeun . . . et qui ai couru!... Diable ! c'est probablement à quelque voyageur?... Ma foi, tant pis pour lui . . . les considérations sociales disparaissent devant les exigences de l'estomac . . . Quelle ravissante côtelette! (*Il s'assied et mange.*) Ouf, je suis exténué . . . Epuisez donc les ressources de votre esprit;... tentez tous les moyens que peuvent vous fournir . . . une jeune et puissante imagination et de bonnes jambes . . . pour fuire votre destinée !... O sort inexorable!... elle est vraimeut délicieuse cette côtelette . . . je voudrais pourtant bien savoir . . . si Ernest . . .

SCÈNE XVII.

GUSTAVE , ERNEST.

ERNEST, *à l'œil-de-bœuf.*

(*A lui-même.*) Eh bien ! il ne manquait plus que cela. (*Appelant.*) Gustave !

GUSTAVE , *se retournant.*

Hein !

ERNEST.

Dis donc, après toi, si . . . A-t-il un aplomb, ce traître-là ! en mangeant mon déjeuner.

GUSTAVE, *continuant de manger.*

Ton déjeuner...? à toi?

ERNEST.

Sans doute... mais si tu continues de ce train-là.

GUSTAVE.

Ah! mon cher, si tu savais quel appétit!

ERNEST.

Et moi donc?... Gustave, ce n'est pas délicat du tout.

GUSTAVE.

Ce n'est pas délicat?... ça te plaît à dire... Au reste, chacun son goût... moi, je les trouve délicieuses...

ERNEST.

Le scélérat... c'est qu'il ne m'en laissera pas... Gustave, au nom du ciel... c'est aussi pousser trop loin la mystification.

GUSTAVE.

Eh bien... viens.

ERNEST.

Parbleu! si je le pouvais... je suis enfermé...

GUSTAVE.

Enfermé? (*A part, riant.*) Ah! ah! le pauvre garçon.

ERNEST.

Comment te trouves-tu ici donc?... je croyais, d'après ta lettre...

GUSTAVE.

Ah! oui, mais j'ai pensé que ce serait mal de t'abandonner.

ERNEST.

Fourbe que tu es, va...

GUSTAVE.

Et j'ai fait comme Pylade, j'ai voulu partager ton sort.

ERNEST.

C'est mon déjeuner que tu veux dire... passe-moi donc quelque chose.

GUSTAVE.

Chut... j'entends mon oncle... tiens.
(Il lui jette une côtelette et du pain. Ernest disparaît.)

SCÈNE XVIII.

GUSTAVE, FONTANGE, puis ADÈLE.

FONTANGE.

J'avais deviné juste... j'ai trouvé ta cousine occupée... tiens, la voici.

GUSTAVE, *à part.*

Oh! mais... en effet... elle est bien plus jolie...

FONTANGE, *bas à Gustave.*

Hein ! comment la trouves-tu ?

GUSTAVE, *même jeu.*

Charmante ! mon oncle. (*Haut.*) Ma cousine... voulez-vous
me permettre de vous exprimer...?

FONTANGE.

Eh ! sans doute... elle te le permet... embrasse-la , voyons ,
et finis toutes ces simagrées.

ADÈLE.

Mon père...

GUSTAVE.

Puisque mon oncle le veut, ma cousine... (Il l'embrasse.)

ERNEST, *paraissant à l'œil-de-bœuf.*

O ciel !   (Il se retire.)

FONTANGE, *regardant autour de lui.*

Hein... qu'est-ce que...

GUSTAVE, *à part.*

C'est qu'elle est vraiment jolie... je prends goût au mariage.
(Il veut l'embrasser de nouveau.)

ADÈLE.

Oh ! assez, mon cousin.

FONTANGE.

Allons, je crois que je puis maintenant aller faire ma course
sans craindre que tu abandonnes Adèle.

GUSTAVE.

Oh ! certainement, mon oncle.

FONTANGE.

Sais-tu bien que ta conduite m'a paru fort étrange tantôt?
(*A Adèle*) Figure-toi qu'après avoir couru à son logement de
la rue Saint-Jacques... (*A Gustave.*) Eh ! mais... pourquoi donc
as-tu changé de domicile? où demeures-tu...?

GUSTAVE.

Mon oncle...

ADÈLE, *avec intention.*

Demeurez-vous loin, mon cousin?

GUSTAVE.

Je... (*à part.*) Tiens, comme elle me regarde...

FONTANGE.

Tu ne sais pas où tu demeures? Enfin, je le rencontre et lui
propose de le conduire près de toi, il paraît enchanté... ravi.

ERNEST , *qui est revenu à sa place* (*à part.*)

Voyez-vous ça.

FONTANGE.

Il me peignait sa joie... le plaisir qu'il aurait à te revoir...

nous descendons de cabriolet, et tout à coup, sur le seuil
même de la porte... je ne sais quel caprice lui prend...

ADÈLE, à part.

Je le sais bien, moi.

ERNEST.

Le traître !...

FONTANGE.

Monsieur ne veut plus me suivre... on l'attend... il doit aller... que sais-je?

GUSTAVE.

Mon oncle...

ADÈLE, avec intention.

Air de la Parole.

Pour éviter cette maison,
Mon père, il serait possible
Que Gustave eût quelque raison.
GUSTAVE, à part.
Eh mais, Adèle, c'est visible,
A dû concevoir maint soupçon.
FONTANGE.
As-tu quelques raisons secrètes?
GUSTAVE.
Qui? moi! des raisons... vraiment non.
FONTANGE.
Répons-nous vite, ou sinon...
GUSTAVE.
D'honneur je n'ai rien...
ERNSET.
Que des dettes !
(Il se retire.)

FONTANGE.

Hein!... comment!... tu as des dettes, toi?

GUSTAVE, vivement.

Du tout, mon oncle, du tout... des dettes? quelle horreur !

FONTANGE.

Tu as dit que tu avais des dettes.

GUSTAVE.

Moi... je vous jure, mon oncle, que je n'en ai pas dit un
mot... demandez à ma cousine. (A part.) Par exemple ! quelle
idée!...

FONTANGE.

A la bonne heure... j'aurai mal compris... tu sais que je
n'entends pas raison sur ce chapitre-là... D'ailleurs la pension
que je te fais est plus que suffisante pour tes besoins et tes plaisirs... et, à moins de mener une vie désordonnée...

GUSTAVE.

Ah! mon oncle...

FONTANGE, *jetant un coup d'œil sur la pendule.*

Comment... eh mais... c'est impossible... déjà deux heures?

GUSTAVE, *avec effroi.*

Déjà!...

FONTANGE, *regardant sa montre.*

C'est vrai... vois que de temps tu m'as fait perdre... heureusement mon huissier demeure à deux pas d'ici... Allons, ma chère Adèle, chassé donc ces tristes nuages qui obscurcissent ton front. (*Il l'embrasse.*) Tu sais que je n'aime pas à te voir ainsi... adieu, je vous rejoins dans un instant... (*A Gustave.*) Et toi, tu sais ce que je t'ai dit.

Air *de la valse de Robin des Bois.*

Oui, je te laisse avec Adèle ;
Crois-moi, profite du moment ;
Si tu veux te faire aimer d'elle,
Montre-toi, surtout, plus galant.

GUSTAVE.

Mon cher oncle, je vous devine.
Que de bonté ! comptez sur moi :
Je veux bientôt, digne de ma cousine,
Mériter son cœur et sa foi.

FONTANGE.

Oui, je te laisse, etc.

GUSTAVE.

Il me laisse avec son Adèle,
Je profiterai du moment,
Et pour me faire aimer d'elle,
Je saurai me montrer galant.

ERNEST.

Il va rester seul avec elle,
Je profiterai du moment ;
Je saurai si, toujours fidèle,
Adèle songe à son amant.

EMSEMBLE.

SCÈNE XIX.

GUSTAVE, ADÈLE, ERNEST.

GUSTAVE.

Quelle est donc cette grande affaire dont mon oncle s'occupe avec tant d'ardeur?

ADÈLE.

Je ne sais trop... je crois pourtant qu'il s'agit d'une somme assez considérable... pour laquelle il fait poursuivre quelqu'un... c'est là sans doute ce qui le conduit chez son huissier.

GUSTAVE, *à part.*

Son huissier... je ne peux pas entendre ce mot là...

ADÈLE.

Qu'avez-vous donc, mon cousin?

GUSTAVE.

Moi? rien.

ADÈLE.

Je plains bien le pauvre débiteur, et pourtant c'est sa faute; comme dit mon père, pourquoi faisait-il des dettes...

GUSTAVE.

C'est égal, ma cousine, il faut toujours le plaindre.... on voit bien que vous n'avez jamais rien eu à démêler avec les recors... un recors! figurez-vous tout ce qu'il y a de plus hideux... l'idéal de l'horrible...

ADÈLE, *regardant autour d'elle.*

Eh mais... Gustave, vous m'effrayez...

GUSTAVE.

Un être impitoyable.... un être féroce.... qui s'acharne sur sa victime...

ADÈLE.

Dieu!... quelle perspective pour vous, mon cousin!...

GUSTAVE, *étonné.*

Plaît-il?

ADÈLE.

Oui, mon cousin; je sais que vous êtes poursuivi.... par un... de ces êtres-là... et M. Ernest aussi... et que c'est vous qui en êtes cause.

GUSTAVE.

Eh... qui donc a pu vous dire?

ADÈLE.

Lui-même... tout à l'heure... oh! j'ai eu de vos nouvelles.

ERNEST, *à lui-même.*

C'est-à-dire que c'est Madame Pérel.

GUSTAVE, *interdit.*

Comment, Ernest.... (*à part.*) En vérité, je suis tout abasourdi de ce coup-là. (*haut.*) Vraiment Ernest vous a dit... (*à part*) ah! par exemple, après avoir juré... je me vengerai... (*haut*) eh bien, c'est vrai, ma cousine... j'en conviens.

Air *de l'Angelus.*

Puisque vous le savez, hélas!
Je n'insiste pas davantage.

ADÈLE, *lui montrant la porte avec inquiétude.*

Eh quoi ! vous ne craignez donc pas ?

GUSTAVE.

Près de vous j'ai tant de courage !

ADÈLE.

A fuir ces lieux je vous engage.

GUSTAVE, *à lui-même.*

Quelle est aimable !... c'est en vain,
Ernest, que tu me la disputes !
(*Il regarde la pendule, et paraît effrayé.*)
Menacé d'un triste destin,
Vous restez ici, mon cousin ?

GUSTAVE, *avec galanterie.*

Oui, certes. (*A part.*) Encore vingt minutes !
Oui, ma cousine... mais des circonstances malheureuses...
une personne en qui j'avais placé ma confiance.

ERNEST, *à lui-même.*

La dame de pique...

GUSTAVE.

Mais gardez-vous d'en rien inférer sur ma conduite... sur
ma moralité, et si...(*il regarde à l'œil-de-bœuf. Ernest a dis-
paru.* (*A lui-même*). Il n'est pas là ; il déjeune, sans doute...
(*Haut vivement.*) Si Ernest vous a dit... vous a dit le con-
traire (*Ernest reparaît*) il m'a calomnié... il m'en veut parce
qu'il sait que je vous aime... c'était pour me nuire dans votre
esprit... et si j'étais aussi méchant que lui... je pourrais à mon
tour, avec plus de raison, vous donner sur son compte quelques renseignemens.

ERNEST, *à lui-même.*

Si je n'étais pas là pourtant.

ADÈLE.

Parlez... dites-moi tout ce que vous savez.

GUSTAVE.

Tout... oh... je ne finirais pas d'aujourd'hui... d'abord des
dettes par-dessus la tête... des marchands trompés... des
femmes... des demoiselles...

ADÈLE, *vivement.*

Trompées aussi... peut-être ?

GUSTAVE.

Précisément.

ADÈLE.

Oh ! le perfide !

GUSTAVE.

Perfide, c'est le nom.

ERNEST, *à lui-même.*

Si je n'étais pas là, pourtant.

GUSTAVE.

Il n'y a pas de jour qu'il n'en séduise deux, trois, quatre.

ERNEST.

Ah! c'est trop fort... finiras-tu bientôt, calomniateur?

ADÈLE, *poussant un cri.*

Ah!...

GUSTAVE.

Il était là.

ERNEST.

Oui... et j'ai tout entendu... c'est abominable... indigne...

GUSTAVE.

Tu avais manqué le premier au traité.

ERNEST.

C'est madame Pérel... Adèle, je vous prends à témoin.

ADÈLE.

Retirez-vous... vous êtes un monstre!

ERNEST.

Vous ajouteriez foi aux calomnies?

GUSTAVE.

Oui, ma cousine, je vous l'atteste, il ne mérite pas votre amour... mais moi, je vous aime... je vous adore (*il court à la pendule et revient*) encore dix minutes, diable!... pressons un peu... (*se jetant aux genoux d'Adèle*) ma cousine...... ah! dites que le vœu de mon oncle...

ERNEST, *s'agitant à l'œil-de-bœuf.*

Adèle... Adèle... ne l'écoutez pas; il vous trompe...

ADÈLE.

Et moi qui le croyais sincère!

ERNEST.

Je le suis... je le suis.

GUSTAVE, *toujours à genoux, se retournant vers Ernest, et d'un ton hypocrite.*

Oh! tu mens, tu mens, Ernest, tu n'es pas sincère...... (*à Adèle*) Il ment... parole d'honneur, ma cousine...

ERNEST, *presque dehors de l'œil-de-bœuf.*

Adèle... Adèle... (*voyant qu'elle ne l'écoute plus, il frappe sur la porte*). Dieu! est-il possible... (*avec désespoir*). Obligez donc vos amis! (*A Adèle.*) Adèle... chère Adèle...croyez-moi, je ne suis pas coupable.

ADÈLE, *à part.*

S'il disait vrai!

GUSTAVE, *après avoir été à la pendule.*

Trois heures...

(Il court à la fenêtre.)

ERNEST.

Je me justifierai... soyez-en sûre, Adèle... rien ne me sera plus facile.

GUSTAVE.

Sauve qui peut... j'aperçois Dulimier avec des recors et un fiacre.

ERNEST.

O ciel!... que devenir...? (Il frappe violemment sur la porte.)

ADÈLE.

Serait-ce celui... ?

GUSTAVE.

Oui, ma cousine... Ernest, mon ami, tu le vois, quand je resterais, je ne puis rien pour toi... seulement je te jure ici de ne plus jamais faire de lettre de change.

(Il va prendre son chapeau.)

ERNEST.

Et moi de ne plus les endosser. Va, traître... (*Avec fureur*) Obligez donc vos amis!.. il me laisse aller en prison.

ADÈLE.

En prison?

GUSTAVE.

Hélas! oui, ma cousine... à Sainte-Pélagie... pour quinze misérables cents francs.

ADÈLE.

Quinze cents francs! ah!...

ERNEST.

Elle va se trouver mal, grand dieu! et je ne pourrai...

GUSTAVE, *la conduisant au fauteuil.*

Se trouver mal !... il ne manquerait plus que ça... ma cousine... je vous en supplie, ne vous évanouissez pas... (*courant au fond*) ô ciel! il me semble entendre... adieu, ma cousine.

ERNEST, *enfonçant la porte.*

Enfin...

(Il va vers Adèle et s'efforce de la calmer.)

SCÈNE XX.

LES MÊMES, FONTANGE.

GUSTAVE.

C'est mon oncle !

ERNEST.

Adèle, calmez votre frayeur.

FONTANGE.

Eh bien! où cours-tu encore?.. tu vois que je n'ai pas été long-temps... mon huissier était sorti... il est à la poursuite de mon débiteur, mais on me l'enverra ici... Comme te voilà agité... qu'as-tu donc?

ERNEST.

Croyez-moi... chère Adèle.

FONTANGE *étonné, se retournant brusquement.*

Chère Adèle... eh qui donc? (*Il s'avance vers les jeunes gens.*) Que signifie?

ADÈLE.

Oh! mon père... je vous en prie... sauvez-le... sauvez Ernest.

FONTANGE.

Ernest.... Quel danger?...

(Jeu muet d'Adèle; Ernest va au fond.)

SCÈNE XXI.

LES MÊMES, BAPTISTE, puis DULIMIER ET LES RECORS.

BAPTISTE, *arrêtant Gustave et Ernest qui vont sortir.*

Tiens, c'est mon prisonnier qui s'échappe encore.

ERNEST.

Eh! laisse-moi, drôle.

DULIMIER, *barrant la porte avec ses recors, et lui mettant sa montre sous le nez.*

Du tout, Monsieur: il est trois heures.

(A l'entrée de Dulimier, Gustave a ouvert les fenêtres, s'est mis en dedans et les a refermées sur lui; mais ses jambes le trahissent.)

BAPTISTE.

Dites donc, monsieur Dulimier, il y en a encore un là.

(Il ouvre la fenêtre; Gustave furieux le repousse.)

FONTANGE, *à Adèle.*

En prison, Ernest?

ADÈLE.

Oui, des huissiers. . . (*Voyant Ernest.*) Tenez! ah! mon père, sauvez-le!

DULIMIER, *prenant Ernest par le bras.*

Allons, partons!

FONTANGE.

Un moment, s'il vous plaît.... Je connais beaucoup monsieur.... et j'ai lieu de croire que vous vous méprenez....

DULIMIER.

Il n'y a point d'erreur.... il s'agit d'une petite lettre de change que Monsieur....

(Il montre Ernest.)

GUSTAVE, *à part.*

La crise approche.

(Il va dans le fond, les recors le repoussent.)

FONTANGE.

Une lettre de change !... Quoi ! monsieur Ernest... vous que je croyais un modèle de sagesse.

ERNEST.

Monsieur, si vous daignez m'entendre

FONTANGE.

Une lettre de change !

DULIMIER.

De quinze cents francs. (*A son huissier.*) Monsieur Leroc, veuillez exhiber les pièces. (*A Fontange.*) C'est mon huissier... Je suis en règle.

FONTANGE, *à Ernest.*

Quinze cents francs !

ADÈLE.

Si vous saviez !

FONTANGE, *bas, à Adèle.*

Silence, Mademoiselle... je connais enfin la cause de votre tristesse... vous avez manqué de confiance envers moi !

ADÈLE.

Mon père !...

FONTANGE.

J'aurais pu vous pardonner si celui que vous aimiez avait été digne de vous...

ADÈLE.

Quand vous saurez...

FONTANGE.

Je vous ordonne de bannir de votre cœur tout sentiment d'amitié pour un homme qui...

(Dulimier lui présente le papier.)

FONTANGE, *le montrant à Adèle.*

Qui fait des lettres de change.

ADÈLE.

Mon père.... les apparences seules...

FONTANGE.

Les apparences... vous appelez cela des apparences ?

GUSTAVE.

Oui ... mon oncle... ma cousine a raison.

FONTANGE.

Mais alors qui donc?

GUSTAVE.

(*A part*). Il va tout savoir.... un beau mouvement....
pour le porter à l'indulgence. (*Haut.*) Je ne laisserai pas soup-
çonner plus long-temps la vertu et l'innocence... vous demandez le coupable... il est devant vous, mon oncle.

FONTANGE, *regardant la signature.*

En effet... Gustave Remy... mon neveu.

DULIMIER.

Votre neveu.... il est votre neveu! c'est le ciel qui vous
envoie... j'aurai donc mon argent (*à son huissier*) : il ne
me manque plus que mille écus... et si je puis échapper à mon
homme aujourd'hui encore... je suis sauvé.

GUSTAVE.

Oui... mon oncle... mais c'est la maladie que...

FONTANGE.

Vous... vous à qui j'allais donner la main de ma fille.
(*A Adèle.*) Pauvre Adèle! va... (*A Gustave.*) Ah vous faites des dettes,... nous y mettrons bon ordre. (*A Ernest.*) Ernest, je vous dois une réparation (*avec intention*), il ne
tiendra pas à moi que vous ne soyez satisfait.

ADÈLE.

Vous voyez bien, mon père.

ERNEST.

Chère Adèle... quel doux espoir...

GUSTAVE.

Mon oncle... c'est la première... pardonnez.

DULIMIER.

Et payez... son oncle.

FONTANGE.

Monsieur, je n'ai pas ici la somme entière... veuillez attendre jusqu'à demain...

DULIMIER.

Du tout... du tout... est-ce que je vous connais, moi!... c'est
encore quelque subterfuge.

FONTANGE.

On fait pour moi des diligences, en ce moment, il est
possible que ce soir même....

(*Il va mettre les pièces dans sa poche. Dulimier s'élance et les lui ar-
rache.*)

DULIMIER.

Je n'attendrai pas dix minutes!

FONTANGE.

Vous m'offensez, monsieur.

DULIMIER.

C'est bien. (*A part.*) On les offense toujours quand on leur demande de l'argent... heureusement ça ne m'épouvante pas. (*Aux recors*). Ici, vous autres, appréhendez-moi ces messieurs (*Ernest et Gustave*), et transportez-les dans le fiacre qui les attend à la porte.

FONTANGE.

Monsieur, écoutez-moi; je vous donne ma parole...

DULIMIER.

Merci bien; (*aux recors*) faites ce que je vous dis.

FONTANGE.

Ah! c'en est trop.... ce procédé m'indigne! qui donc êtes-vous?

SCÈNE XXII.

LES MÊMES, MAD. PÉREL, UN HUISSIER.

MAD. PÉREL, *à l'huissier, lui montrant Fontange.*

Tenez, voici la personne que vous demandez.

FONTANGE

Ah! c'est mon huissier... je suis à vous.

DULIMIER.

Vous demandez qui je suis?

FONTANGE.

Oui, Monsieur.

DULIMIER.

Je suis homme d'affaires, Monsieur, et je m'appelle Dulimier.

FONTANGE, *étonné.*

Dulimier! (*à son huissier*) c'est lui, c'est notre homme.
(Il prend un dossier des mains de son huissier.)

DULIMIER.

Et je veux être payé à l'instant même... sinon...

FONTANGE.

Moi, monsieur, je me nomme... Fontange.

DULIMIER, *atterré.*

Vous? ciel! (*à lui-même*), je suis perdu, c'est mon créancier.. diable, diable, diable!

FONTANGE.

Et voici votre effet; huit mille francs que j'exige à mon tour.

DULIMIER.

Monsieur, je vous en supplie.

FONTANGE.

Je veux être soldé sur-le-champ.

DULIMIER.

Cela m'est impossible, il me manque mille écus.

FONTANGE.

J'en suis bien fâché.

BAPTISTE, *à Dulimier*.

Dites donc, monsieur Dulimier, le cocher s'impatiente en bas.

(Dulimier lui donne un coup de pied.)

FONTANGE.

Ah! c'est vrai, cela se trouve à merveille (*à son huissier, montrant les jeunes gens*), dans le fiacre qui les attend. . . . qu'il aille à Sainte-Pélagie.

Air : *Quel coup affreux! quel trouble extrême* (chœur final du 1er acte de la Lune de Miel.)

ENSEMBLE.

Il a montré trop d'insolence ;
Oui, je veux qu'il aille en prison.
Demain j'aurai plus d'indulgence,
Mais je lui dois cette leçon.

DULIMIER.

C'en est donc fait, plus d'espérance!
Il me fait conduire en prison ;
J'implore en vain son indulgence.
Pour moi quelle triste leçon !

ERNEST, GUSTAVE, ADÈLE, L'HUISSIER DE FONTANGE.

Il a montré trop d'insolence,
On va le conduire en prison.
Pour l'usurier point d'indulgence ;
On lui devait cette leçon.

MAD. PÉREL, BAPTISTE, LES RECORS.

Hélas! pour lui plus d'espérance ;
On va le conduire en prison.
Mais demain avec indulgence
Il sera traité, nous dit-on.

(Les recors sortent avec Dulimier, que l'huissier de Fontange emmène.)

SCÈNE XXIII.

LES MÊMES MOINS DULIMIER, LES HUISSIERS ET LES RECORS.

BAPTISTE.

En v'là une surprise conditionnée, par exemple.

FONTANGE, *à Gustave.*

Et vous, monsieur, que cet incident sauve de la prison...
j'espère que désormais vous renoncerez...

GUSTAVE, *étourdiment.*

A la dame de pique... certainement.

ERNEST, *l'arrêtant. Bas.*

Eh bien...

FONTANGE.

Hein ?

GUSTAVE, *à part.*

Oh !... (*Il rit.*)

(On entend le bruit que fait le fiacre en s'éloignant. — Les interlocu-
teurs s'arrêtent et sourient.)

BAPTISTE, *qui était resté près de la fenêtre.*

Tiens... oh ! (*criant*) Adieu, monsieur Dulimier... adieu...
bon voyage... (*à lui-même*) va-t-il un train de poste.... c'est
d'fameux chevaux, tout d'même qu'il a choisis là... et dire
que c'est lui-même... en v'là encore une bêtise conditionnée.

ERNEST, *à Fontange.*

Monsieur Fontange, puisque le hasard vous a fait connaître
mes vœux...

FONTANGE.

Il ne me reste plus qu'à les exaucer, n'est-il pas vrai... mon
cher Ernest... c'est ce que je ferai... mais vous promettez de
faire le bonheur de mon Adèle ?

ERNEST.

Oh ! monsieur...

MAD. PÉREL.

Les voilà bien... quand il s'agit de promettre....... oh ! les
amans... fiez-vous y donc !

Air *de la petite Prude.*

MAD. PÉREL, *d'un ton sentimental.*

Quelque temps d'une aimable ardeur
Des hommes le plus adorable
Me fit connaître la douceur ;
Mais bientôt, revers effroyable !
Ingrat, perfide en un seul jour,
La veill' de notre mariage
(*Avec attendrissement.*)
Il fuit... et de mon tendre amour
(*Fort, avec colère.*)
Le monstre avait reçu le gage !

BAPTISTE.

J'entends toujours dire au voisin :
Que le diable emporte ma femme !
A l'attendrir j' perds mon latin :
Elle est froide, insensibl', sans ame.
Mais, moi, j' l'atteste, en vérité,
A son épous' c'est faire outrage,
Car de sa sensibilité
Je sais qu'ell' donne plus d'un gage ;
Oui, de sa sensibilité
La dame a donné plus d'un gage.

ERNEST.

Celui qui faussait un serment,
Jadis du nom honteux de traître
Etait flétri ; mais à présent,
Il faut, hélas ! le reconnaître,
Chez nous souvent on voit traité
De grand, d'illustre personnage,
Tel qui de sa fidélité
Vingt fois prostitua le gage.

GUSTAVE.

Peuples, vous oubliez vos droits :
Chez vous la liberté sommeille ;
Dans vos ames, à notre voix,
Que son feu sacré se réveille !
Du tyran qui vous offrira
Le combat ou bien l'esclavage,
Frères ! la France vous dira
Comment se relève le gage !
Des rois, la France vous dira
Comment se relève le gage !

ADÈLE, *au public.*

D'exaucer le vœu de mon cœur
Mon père en vain fait la promesse,
Si personne à notre bonheur
Ce soir, Messieurs, ne s'intéresse.
Daignez rassurer deux amans
Qui demandent votre suffrage,
Et chaque soir, ici, long-temps,
Venez leur en donner un gage.

BAPTISTE, *qui reste sur l'avant-scène.*

A la caisse venez long-temps,
Messieurs, déposer votre gage.

FIN.